U0479852

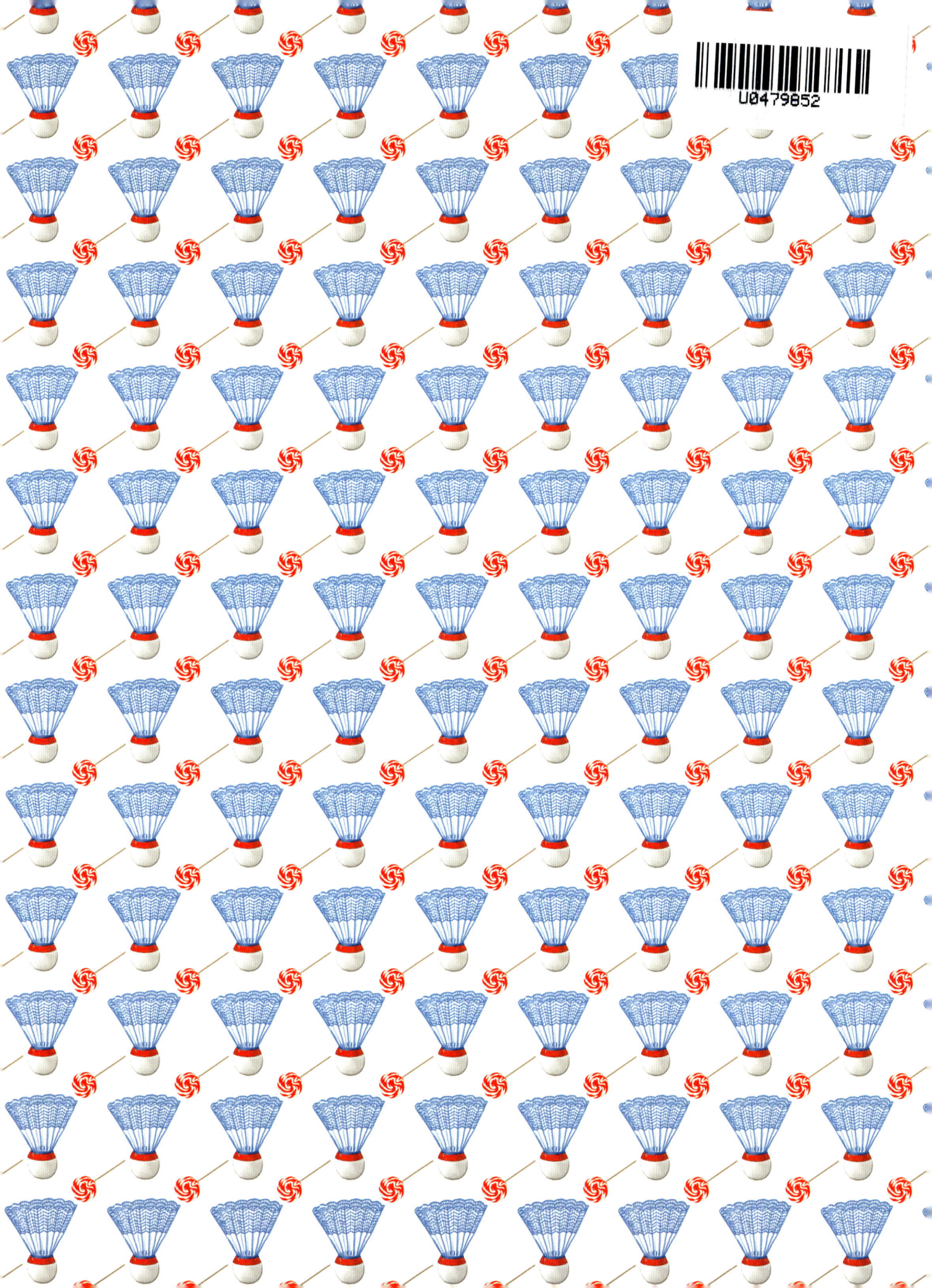

献
给海伦

图书在版编目（CIP）数据

鲍勃玩波普！/（英）马里恩·杜查斯著绘；余治莹译. -- 北京：海豚出版社，2021.1（2024.1重印）
ISBN 978-7-5110-5387-9

Ⅰ.①鲍… Ⅱ.①马…②余… Ⅲ.①儿童故事－图画故事－英国－现代 Ⅳ.①I561.85

中国版本图书馆CIP数据核字（2020）第187606号

BOB GOES POP

By Marion Deuchars

For the Work entitled BOB GOES POP
Copyright © Marion Deuchars, 2020
Simplified Chinese translation copyright © 2021 by
United Sky (Beijing) New Media Co., Ltd.
All rights reserved.

北京市版权局著作权合同登记号 图字：01-2020-6393号

鲍勃玩波普！

[英] 马里恩·杜查斯 著·绘

余治莹 译

出版人	王 磊
选题策划	联合天际
责任编辑	许海杰　白 云
特约编辑	毕 婷
营销编辑	九 力
装帧设计	潘振宇　七岁半的潘云子写的中文
责任印制	于浩杰　蔡 丽
法律顾问	中咨律师事务所　殷斌律师

出　版	海豚出版社
社　址	北京市西城区百万庄大街24号　邮编：100037
电　话	010-68996147（总编室）
发　行	未读（天津）文化传媒有限公司
印　刷	雅迪云印（天津）科技有限公司
开　本	16开（889mm×1194mm）
印　张	2.75
字　数	25千
印　数	23001-26000
版　次	2021年1月第1版　2024年1月第6次印刷
标准书号	ISBN 978-7-5110-5387-9
定　价	55.00元

本书若有质量问题，请与本公司图书销售中心联系调换
电话：(010)52435752

未小读
UnRead Kids
和世界一起长大

客服咨询

未经许可，不得以任何方式
复制或抄袭本书部分或全部内容
版权所有，侵权必究

鲍勃玩波普！

Bob Goes POP!

[英]马里恩·杜查斯 著·绘 余治莹 译

海豚出版社
DOLPHIN BOOKS
CICG 中国国际传播集团

未小读
UnRead Kids

"嘿，鲍勃！你见过镇上新来的艺术家吗？"猫头鹰说，"他叫罗伊，是个雕塑家，现在大家都在谈论他！"

"罗伊是谁？"鲍勃说，"我可是镇上最杰出的艺术家。"

鲍勃决定去见见罗伊。
他是只很臭美的
蓝色鹦鹉。

"你好！"罗伊说，"我听说你也是一位艺术家。你觉得我这件了不起的雕塑作品怎么样？我叫它……饱饱芝士汉堡包。"

"这是另外一件作品。
它叫满满
绿色颜料笔。"

"你觉得这一件怎么样呢？
我的嘭嘭穿梭羽毛球。"

"哦！它们除了比实物大很多，都只是普普通通的东西。"鲍勃说。

"我的雕塑可一点儿都不普通！它们非常特别！再说，无聊的画谁不会画啊！我敢打赌你根本做不出一件雕塑！"罗伊气呼呼地说。

"这还不简单！
我打赌我一定能做出来！"
鲍勃说。

第二天，鲍勃做出了他的第一件雕塑品。
"看，这就是了！
我叫它点点汪汪点点狗。"

"不错！"

"嘿，快来看看罗伊刚创作出来的作品！"

"我叫它舔舔甜甜棒棒糖。"男伊说。

"哼!这只是一个大棒棒糖罢了。"鲍勃说。

鲍勃又创作了一件作品。

"我的弯弯胖肚黄香蕉。"

"果然很香蕉！"蝙蝠说。

"快来看罗伊刚刚完成的作品！"

"这是我的巨大无比坐坐鸭。"

罗伊说。

"哼!"鲍勃一脸不高兴。

"真是太棒了。"猫头鹰说。

"我们喜欢这个。"

第三天，鲍勃做了一个雕塑。

罗伊也做了一个！

鲍勃又做了一个。

罗伊也是。

"好蛋黄啊!"猫头鹰微笑着说。

鲍勃不断尝试……

但罗伊的雕塑
真的很不一样……
鲍勃需要一些
新点子。

晚上，他偷偷地溜去罗伊的工作室。

"我只瞄一眼……"
他小声地说。

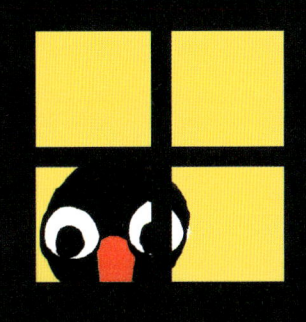

第二天，罗伊展示了一只巨大的气球狗。鲍勃也展示了……

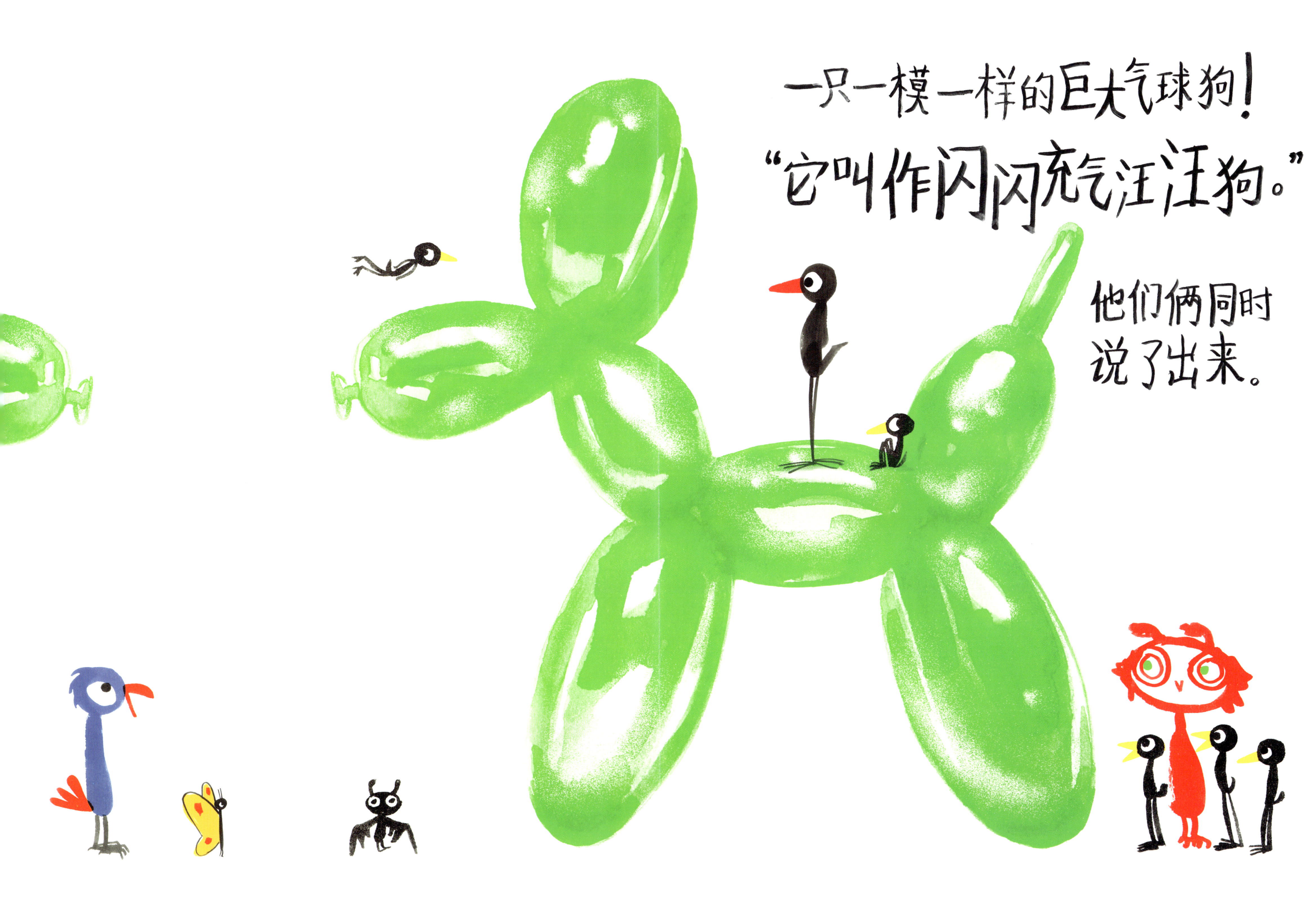

一只一模一样的巨大气球狗!
"它叫作闪闪充气汪汪狗。"

他们俩同时说了出来。

"这是我的点子!"
罗伊大声说。

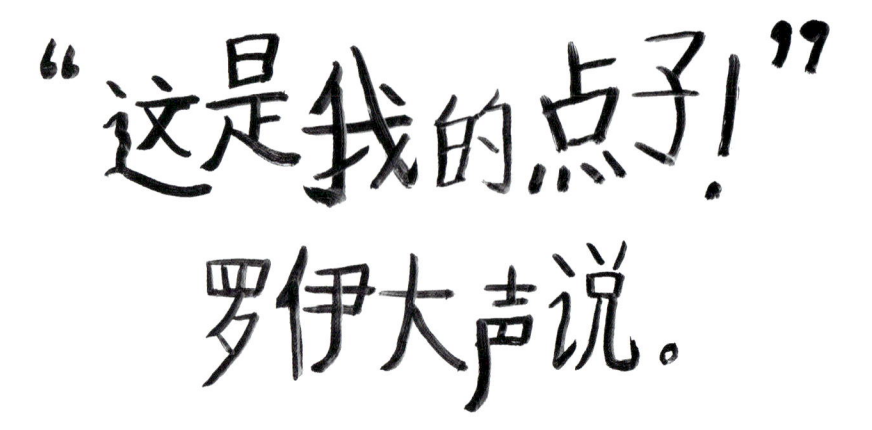

"你偷学我的！"

罗伊抓着鲍勃的气球狗。
他们在气球之间扭打翻滚，直到……

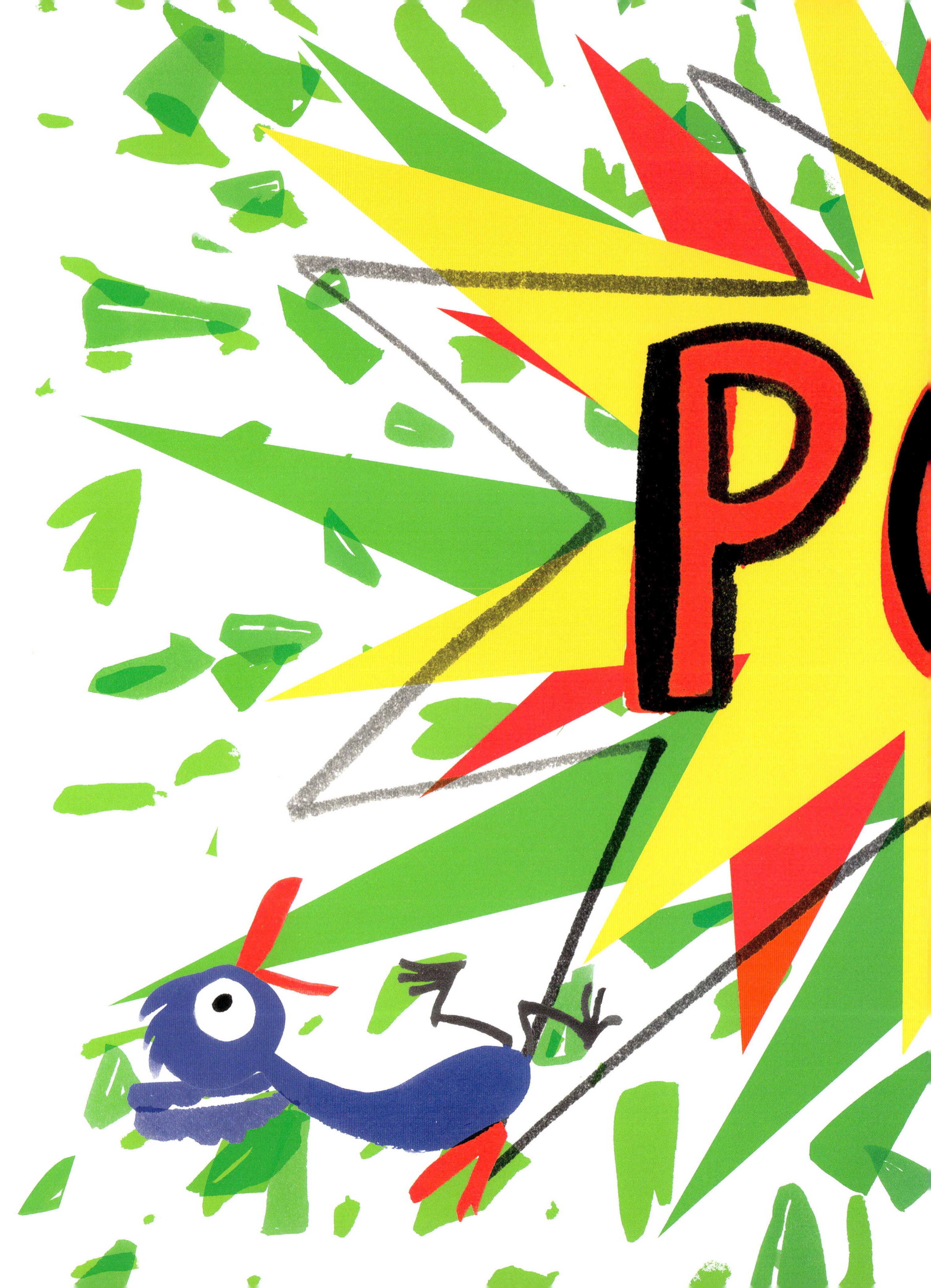
PO

砰!

"我的气球狗没了。"
罗伊哭了。

"真的很对不起。"
鲍勃也哭着说。

"我可以再做一个新的给你,
我们……一起做,好不好?"
鲍勃恳求道。

"好吧……"
罗伊抽着鼻子说。

"你做雕塑,我来涂颜色。"鲍勃说。

铿铛!

砰!

呼——呼!

再一次!

打!

用力打!

打啊!

哗啦!

啪嗒!

"里面在做什么啊?"

最后，鲍勃和罗伊展出了他们共同的创作……"我们叫它……哇哦无敌汪汪狗！"

"它真的是非常非常与众不同！"猫头鹰说。

大家大老远地
跑来欣赏
这件作品。

"现在我们都是镇上最杰出的艺术家!"鲍勃说。

"更棒的是,我们成了好朋友。"

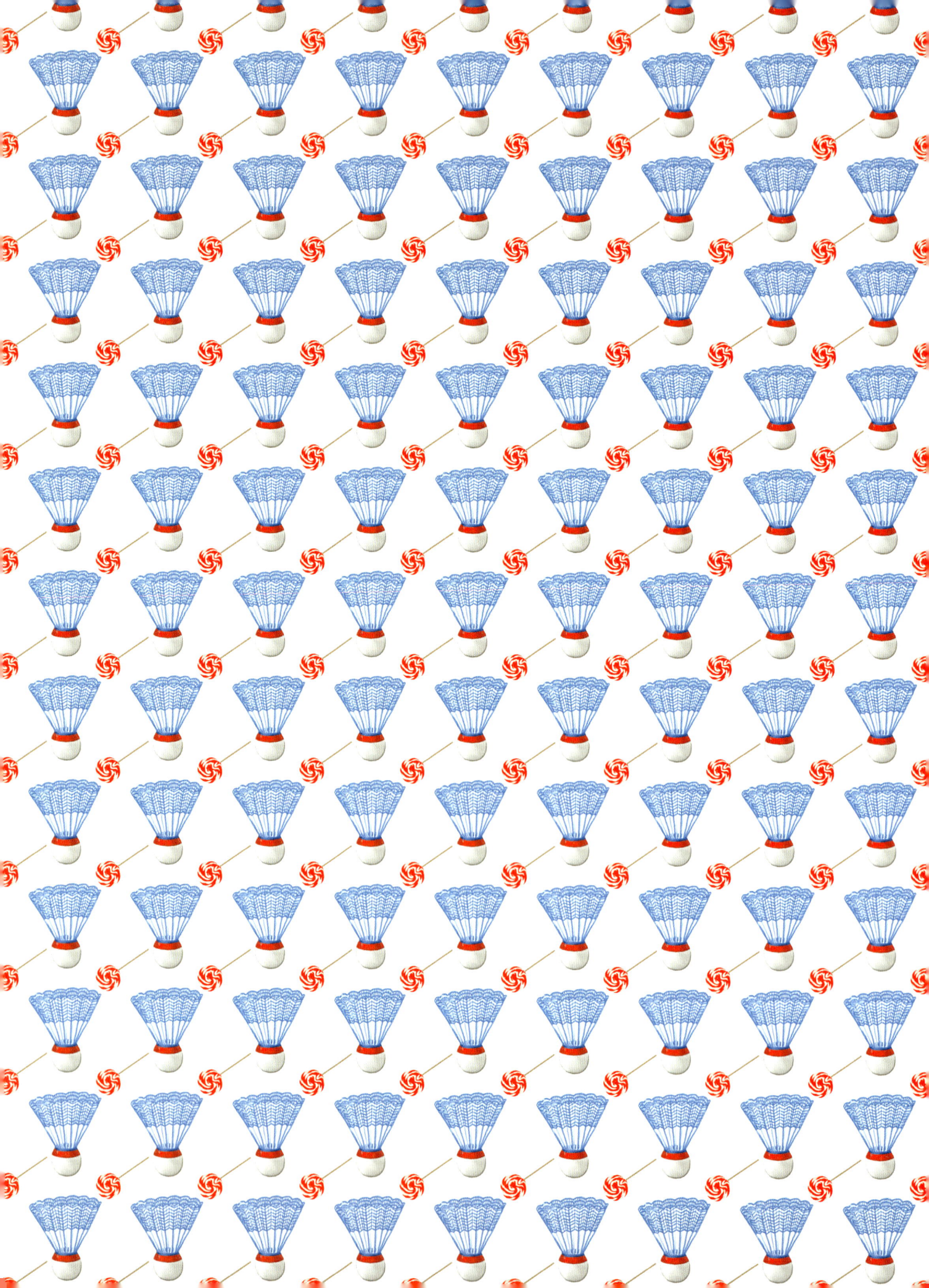